Surtout, n'ouvre pas la porte !

Youpi, je lis !

MES PETITS ROMANS À LIRE COMME UN GRAND

Cette histoire a été écrite pour être accessible dès la fin du CP et le début du CE1 :

- le **texte est court**,
- il est divisé en **chapitres** qui rythment la lecture,
- il a été **testé par un orthophoniste** pour éviter les difficultés de lecture,
- les mots difficiles sont **expliqués en bas de page.**

Cette histoire a aussi été écrite pour **passionner, émouvoir, faire rire** et **rêver** son lecteur, parce que **quand on aime lire, c'est pour toute la vie !**

Ce roman a été publié initialement dans le magazine mes premiers J'AIME LIRE

ISBN : 9782-7470-8630-1
Dépôt légal : octobre 2017
Loi n° 49-956 du 16 juillet 1949 sur les publications destinées à la jeunesse.

Surtout, n'ouvre pas la porte !

écrit par Claire Clément

illustré par Gwénola Carrère

bayard jeunesse

Chapitre 1

C'est promis!

Je m'appelle Anaëlle. Aujourd'hui, je suis malade. Oh, rien de grave, juste un peu de fièvre. Mais je ne dois pas sortir. Comme il me faut des médicaments, Maman doit aller les chercher à la pharmacie.

C'est la première fois que Maman va me laisser toute seule à la maison. Alors, elle me fait des tonnes de recommandations* :

– Je ne serai pas longue, ma linotte, mais écoute-moi bien. UN : tu ne réponds pas au téléphone. DEUX : tu ne te sers pas de la cuisinière. TROIS : tu n'appelles personne par la fenêtre. QUATRE…

* Recommandation : conseil que l'on donne à quelqu'un.

Elle continue comme ça jusqu'à au moins 999, et elle termine en disant :

– Et surtout, surtout… tu n'ouvres la porte à PERSONNE !

Puis, pour être sûre que j'ai bien tout compris, elle me relit *Le loup et les sept chevreaux*, cette triste histoire dans laquelle des chevreaux ouvrent la porte au loup et se font manger par lui.

À la fin du récit, elle martèle le livre avec sa main, comme on tape sur un tambour :

– Tu vois, Anaëlle, ils ont dé-so-béi et ils ont été pu-nis.

C'est malin : cette histoire de chevreaux me donne la chair de poule.

Je m'écrie :

– Maman, tu peux partir tranquille, je n'ouvrirai la porte à PERSONNE !

Maman est rassurée.

– Je te fais confiance, ma grande, dit-elle.

Et elle s'en va.

Qu'est-ce que je pourrais faire en attendant ?

Je ne me sens pas très malade, en fait. J'ai même une drôle d'envie de sauter.

Je vais chercher tous les coussins de la maison. Je les empile au pied de l'escalier, et je plonge dans le tas, d'abord de la troisième marche, puis de la quatrième, puis de la cinquième… Ça donne des frissons, les mêmes qu'à la piscine quand je saute du plongeoir.

Ensuite, je m'habille en star, avec la robe noire de Maman et ses chaussures à hauts talons. Bien sûr, je n'oublie ni le rouge à lèvres, ni le rouge à joues, ni le noir aux yeux.

Je déambule*, un verre à pied dans une main et, dans l'autre, un crayon que je tiens comme une cigarette.

Soudain, *toc, toc, toc*… On frappe à la porte.

* Déambuler : marcher au hasard, sans but précis.

Chapitre 2

Le piège

Je n'en crois pas mes oreilles ! Le loup ? Déjà ! Il n'a pas perdu de temps ! Ha, ha, le pauvre ! Il ne sait pas à qui il a affaire ! S'il croit que je ne connais pas l'histoire des sept chevreaux !

Une voix dit à travers la porte :

– Anaëlle, c'est Maman ! J'ai oublié mes clés. Ouvre-moi, s'il te plaît !

Je me plante devant la porte et je hurle :

– Je t'ai reconnu, le loup ! Jamais je ne t'ouvrirai… espèce de lustucru tout poilu !

Un silence suit ces paroles. À tous les coups, le loup est stupéfait de mon courage. Peut-être même est-il parti ?

Mais non, le voilà qui prend une toute petite voix :

– C'est très bien, ma chérie, je vois que tu obéis, je suis fière de toi. Mais maintenant, ouvre-moi. C'est moi, ta maman. Tu reconnais bien ma voix ?

Ho, ho, ho, il est malin, le loup ! Il imite par-fai-te-ment la voix de Maman. Mais je ne vais pas me laisser prendre :

– Va-t'en, purée de caca d'oie, ma mère va arriver et elle va te pulvériser* !

Nouveau silence.

* Pulvériser : réduire en poudre, détruire complètement.

À travers la porte, la voix reprend :

– Mais c'est moi, ta maman ! Anaëlle, Anaëllette, linotte cocotte… tu crois que le loup t'appellerait comme ça ?

Peuh ! Le loup est capable de tout dès qu'il a faim. C'est Maman qui me l'a dit.

Alors, comme réponse, je prends une feuille, je dessine une tête de mort… et je la glisse sous la porte. Ha, ha, ha ! Bien fait !

Ça ne lui plaît pas beaucoup, au loup. Il commence à s'énerver. Même sa voix a changé :

– Anaëlle, je vais te dire la comptine que j'inventais pour toi quand tu étais bébé. Je te l'ai encore chantée, il n'y a pas si longtemps. Ça, aucun loup ne peut l'inventer. Écoute :

Picadi, c'est parti,
Si jamais tu souris,
Picadi, picadou,
Je te donne un bisou !

Je souris sans le vouloir. Mais pas longtemps.

Car je sens la colère monter… Je crie :
– Gros malpoli, le loup ! Tu as osé écouter à notre porte quand Maman me chantait MA comptine ! Je vais le lui dire, tu vas voir !
Mais le loup insiste :
– Anaëlle, et si tu regardais par le trou de la serrure ? Tu verrais que je suis bien ta maman !

Pff, c'est une ruse ! Si je regarde par le trou de la serrure, le loup me montrera un gant comme celui de Maman…

Je file à la salle de bains chercher mon pistolet à eau, et je réponds :

– Regarde-moi d'abord, tas de gras, si tu l'oses !

Et, *pschitt*, j'envoie une énorme giclée d'eau dans le trou de la serrure.

Chapitre 3

Loup y es-tu ?

Ho, ho, ho ! ça ne lui plaît pas, au loup, mais alors, pas du tout.

Il se met à frapper dans la porte, à coups de pied, à coups de poing, en hurlant :

– Ouvre-moi tout de suite, Anaëlle, sinon ÇA VA BARDER !

Je rigole bien : si le loup croit me faire peur comme ça…

Je me bouche les oreilles et je crie plus fort que lui :

– Tu n’entreras jamais, pétard de purée de potiron qui pue ! Jamais, jamais !

Et je pousse le gros fauteuil du salon devant la porte. Dessus, j’empile trois chaises et, au sommet, j’installe la plus grosse marmite de la cuisine. Si le loup la prend sur la tête, il sera assommé, ratatiné, réduit en bouillie, cuit, archicuit !

Ha, ha ! je trépigne, je jubile*, je danse de joie tellement je me sens forte, brave, intelligente et obéissante !

Soudain, une clé cliquette dans la serrure. Quelqu'un essaie d'ouvrir la porte. Il pousse, il pousse…

* Jubiler : se réjouir, montrer qu'on est très content.

J’entends des grognements, puis une voix s’exclame :

– Mais qu’est-ce que c’est que ce bazar ?

C’est Papa. Chouette ! Je me jette dans ses bras en criant :

– Papa ! Si tu savais ce que j’ai fait au loup…

– Ah oui ? répond Papa. Eh bien, justement, le loup est derrière moi. Si tu veux lui raconter…

Et derrière Papa, Maman apparaît.

Enfin, elle n'a plus tellement l'air d'une maman. On dirait plutôt une… euh, comment dire ? Elle a les cheveux tout mouillés, ses yeux roulent de colère, elle semble fatiguée, si fatiguée qu'elle s'effondre dans le fauteuil. Et elle marmonne :

– Plus jamais je n'oublierai mes clés.

Maman ! C'était donc elle, en vrai, derrière la porte… Ce n’était pas le loup ! Pauvre, pauvre Maman !

Alors, je m’approche d’elle et, tout doucement, je murmure :

Picadi, c’est parti,
Si jamais tu souris,
Picadi, picadou,
Je te donne un bisou !

Et Maman sourit.

Ooouuuf !

Youpi, je lis !

Découvre tous les autres titres de la collection !

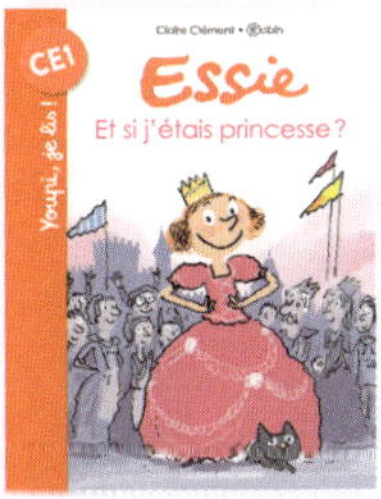

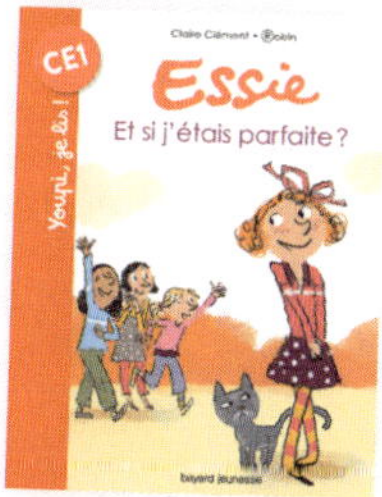

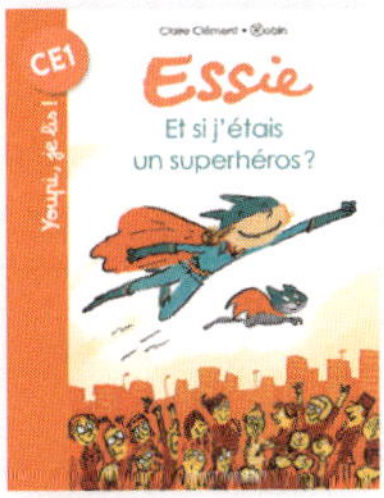

3 collections pour entrer

Mes premiers romans
à lire à deux

CP
NIVEAU 1

Tu lis, je lis

dans la lecture pas à pas !

Mes premiers romans
à lire tout seul

CP
NIVEAU 2

Petit à petit, je lis

Mes petits romans
à lire comme un grand

CE1

Youpi, je lis

Achevé d'imprimer en septembre 2017
par Pollina – 85400 LUÇON - 82168B
Imprimé en France